누가 흔들고 있을까

시작시인선 0191 누가 흔들고 있을까

1판 1쇄 펴낸날 2015년 11월 3일
지은이 박종국
펴낸이 이재무
책임편집 박찬세
디자인 소은영
펴낸곳 (주)천년의시작
등록번호 제301-2012-033호
등록일자 2006년 1월 10일
주소 (04618) 서울시 중구 동호로27길 30, 413호(묵정동, 대한문화원)
전화 02-723-8668
팩스 02-723-8630
홈페이지 www.poempoem.com
이메일 poemsijak@hanmail.net

ⓒ박종국, 2015, printed in Seoul, Korea

ISBN 978-89-6021-246-6 04810
　　　978-89-6021-069-1 04810(세트)

값 9,000원

누가 흔들고 있을까

박종국

천년의 시작

흙냄새를 맡기 시작하면서
씨를 뿌리고 한두 번 김을 매주고
그리고 걷어 들이면 그만이라고 생각했던 것이
단순하게 생각했던 것이 부끄러웠다

어느 철학자보다
어느 학문보다
많은 가르침을 주는 농사일

삶과 죽음이 얼마나 농축되어 있는지
존재자의 빛깔밖에는 볼 수 없었지만
무당이 떡시루를 이고 맨발로 작두날을 타는
펄펄 뛰는 굿판 같은 삶을,

흙냄새가 다독이고 있다는 것을
바람이 땀방울을 닦아주고 있다는 것을
흘러가는 시냇물의 낭랑한 목소리가
마음을 가라앉히고 있다는 것을
그래서 살 만한 세상을 만든다는 것을
모든 세상이 빛깔로 찬란하다는 것을

차례

시인의 말

제1부

씨앗

씨앗의 문을 열자
삶과 죽음이
얼마나 농축되어 있는지
빛깔밖에는
아무것도 볼 수가 없다

맨발로 작두날을 타고 있는
무당이
삶과 죽음의 경계에서
떡시루를 이고 펄펄 뛰는
굿판 같은 빛깔이다

뿌리

뿌리가 힘없이 뽑힌다

한때는 뽑으려 해도 뽑히지 않더니
잎이 떨어지고 가지와 줄기까지 메마르자
힘 한번 못 쓰고 뽑히고 만다

뿌리는 줄기와 가지
잎이 무성할 때 힘을 쓴다

수확을 끝낸 밭에는
아침저녁으로 첫추위가 비치기 시작하는
가을이 감빛으로 여물고

가슴으로 이어진 감빛 깊은 골짜기
밭고랑에 소용돌이치는 수많은 생각들

우리 이전의 우리는
무엇이었을까? 또 지금은 무엇일까?
무엇을 바라야 하고 무엇을 해야 될까?

선두에 선 사람은 후미에 있는 사람을 모르는
앞도 뒤도 보지 않는, 현재가 보물이라고 생각하는
여기에 살며 농사를 짓는, 나는

좋다 나쁘다를 가리지는 않지만
진가는 제대로 알고 있어 흙과 싸우며 농사를 짓는다

일용할 양식을 위해서
아버지의 명예를 위해서

바람이 분다는 것은

바람이 분다는 것은
참 복 받은 일이지 싶다

바람마저 없다면
오뉴월 뙤약볕 아래
김매기를 할 수는 있었을까

잠깐 일손을 멈추고
스치는 바람에 살이 찌는 듯
세상사를 다 내려놓을 수는 있었을까

이곳에서는 이것
저곳에서는 저것
부족한 것을 채울 수는 있었을까

무엇이 잘 안 될까 봐 걱정하는 우리에게
바람은,

바람의 손에 닿지 않는 것은 멀리 떨어져 있는 것
바람의 손에 잡히지 않는 것은 전혀 없는 것

바람이 헤아리지 않는 것은 진실이 아닌 것

이렇게
어둠과 무서움 속에 감추어놓고 있지는 않은지
신비스러운 것은 바람결에 깃들어 있지는 않았는지

위를 보아도, 이쪽을 보아도, 저쪽을 보아도
보이지 않는 바람, 우리를 스쳐 가지만
우리는 변하지를 않고, 그래도

바람이 불어온다는 것은
아직, 땀 흘려 농사일을 할 만하다는 것

하루해가 참 짧다

빈,
유모차를 밀고 다니는 할머니
무쇠로 만든 호미같이 생겼어도
익살스러움만은, 종횡무진
거리낄 게 없다

평생 농사밖에 몰라, 늘 호미를 끼고 다닌다
두 발로 다니는 것보다 네 발로 걷는 게 더 편하다는 할
머니
허리 펼 일 없는 호미질이 좋다고 말하는, 익살에 김매는
손놀림이 가벼워질 때쯤이면, 그렇게 호미를 깊이 묻으면
배추 뿌리에 바람이 든다며, 요걸 요렇게 다루어 가지고
살짝 흙을 일으키고는, 이쪽 손으로 풀을 집어내야지, 허
그래두 그렇게 하네, 옳지, 옳지, 이렇게 잔소리를 하는
가 하면
어느새 네 손으로 밭고랑 하나를 뚝딱 매어놓는다

칭얼대는 나를 유모차에 태워놓고
얼래고 달래는 할머니 웃음 띤 얼굴
티끌 하나 없이 맑은 눈동자

이것이 순금의 진실, 할머니의 모습이다
하루해가 참 짧다

보물창고

밭은,
나를 움직이게 하는 보물창고다.

갖가지 야채며 곡물들
하나하나는 어우러지고 어울려 밭을 이루고
모든 작물들은 서로서로 의지하는 힘, 작용으로 살아
있다
생생하고 싱그럽다

작은 우주 같은
저 싱그러움
얼마나 장관인가

그 싱그러움이 너무도 거대하게 느껴졌기 때문인지
나는 나 자신이 밭을 이루는 한 개 부분으로 느껴졌다

도처에서 움직이는 모든 형상과 노력들
만물은 생명에 활기를 불어넣으려고 단장을 한다
모두가 양지로 나가고 싶어하는 듯
밭과 들판을 지나서 먼 산골짜기까지 푸르게 단장한다

휘둥그레진 내 눈앞에 나타난 초록빛
조용한 세계가 나를 열심히 농사짓게 한다

얼마나 다행인가
이런 보물창고를 가지고 있는 나는

그곳에는

나와 내가 있어야 할, 그곳에는
아무도 없었다, 나라고 이야기할 수 있는
내가 없었다

어리석은 생각으로 어리석은 이야기를 늘어놓는
내 생각이 나에게 전혀 통하지 않는 밭에서 일을 하는
내 눈은 그림같이 자라고 있는 야채며 곡물들에 끌렸다

가꾸는 대로 자라나 살찌고 열매 맺는 그들을 보면서
퍼뜩 정신이 들었다, 번개처럼 스쳐 지나가는
삶에 정성을 쏟다 보면 나도 내 뜻을 따라주겠지 하는

내가 나를 지키는, 그곳에
어렴풋이 나타나는 나를 보면서 외쳤다
함께 살아유!
함께 살아유!

늦가을, 달밤에

자다 말고 밖으로 나왔다
밤공기가 꽤 차가웠다
입을 크게 벌리고 숨을 힘껏 들이마셨다

보름달이 내려다보고 있는데
하얀 은하의 강은 달빛 건너로 흐르고
달빛 속의 모든 것은 기도하는 사람처럼 엄숙했다

산을 따라 두 손 모으고 서 있는 나무들
숨을 죽이고 흐르는 개울물
나지막하게 무릎 꿇고 엎드린 산과 들

그 모든 것은
어떤 무거운 질서 속에서
스스로의 몫을 감당하고 있었다

나는 달빛 속으로 내려섰다
어디선가 풀벌레 우는 소리가 들려왔다
무슨 사연이 있어
저토록 애달프게 울고 있을까

달빛은 흘러내려 들판 위에 쌓였다
그것은 방울져 내린 이슬과 합쳐져
수많은 은구슬이 되어, 무지갯빛으로 빛났다

땀에 젖은 얼굴
내 입에서는 가끔씩 신음 소리가 새어 나왔다
그 소리는, 내가 달밤에
배추밭에 나와 김매는 소리였다

그날

농사짓는 일은,
시가 잘 써지지 않는다고 투정하는 것
미래에 대한 불안으로 번민하는 것
못마땅한 사회현상에 대한 비판 의식
그 모든 것들은, 내게
지나친 사치일 뿐이라는 걸 일깨워준다

하늘에는 하늘대로
땅에는 땅대로
물에는 물대로
서로 다른 많은 종류의 생물들이
나름대로 잘 어우러져
잘 살아가고 있다는 것을 알려준다

가슴이 터질 것 같은 느낌을 받은 나는
그 자리에서 무릎을 꿇었다, 그때
어떤 말이 들려왔다, 그것은
하늘에서 쏟아지는 소나기 같기도
가슴으로 울려오는 천둥소리 같기도 했다

가라! 그리고 섞여서 살아라!
이 세상에 가장 위대한 사람은
자신에게 맡겨진 삶을
가장 열심히 사는 사람이다!

그날, 나는
내 삶의 수수께끼를 풀었다
이 세상은 그저 열심히 살아가야 한다는 것
열심히 살 만한 값어치가 있다는 것

평상

평상이 다 망가져간다.

농사일을 하다 힘이 들 때 앉아 쉬게 하더니
눈비를 맞고도 십여 년을 견디더니
신음 소리, 한숨 소리가 밭머리 이쪽에서도 들린다

다 쉰 목소리로 울면서 흙 속으로 흙 속으로 스며드는
버티기 힘든 다리로 삐걱거리며 지탱하고 있다

끝까지 제 모습 잃지 않으려고 가슴을 펼치는
상당히 콧대가 센 그는,
외롭고 쓸쓸한 들판 어둠 속에 잠겨 있다

밤하늘로부터 조용히 떨리는
번쩍거리며 몰려드는 빛살 사이에서 솟아오르는
누군가를 위해서 그 어떤 희생도 마다하지 않았을 것이
다

물결치는 들판을 미끄러져 오는 저것이 무엇일까
변함없이 불어오는 산들바람같이

27

동경으로 가득 찬, 굶주림으로 괴로워하며
어디에 어떤 모양으로 숨어 있든 나를 불러내
부지런히 일을 하게 하고 힘들 때 조용히 앉아 쉬게 하
더니
들판을 짓밟고 지나가는 무엇이든 두렵지 않게 하더니

아무것도 얻은 것 없이, 그는 다 망가져가고 있다

무섭게 물어뜯는 세월 속에서 나를 구출해내더니

비 때문에

올 농사는 망쳤다
계속해서 쏟아지는 비 때문에
농작물이 다 죽어버렸다

그러나
아주 망친 것은 아니다
초보 농사꾼에게
많은 것을 가르치고 떠났기 때문이다

비가 쏟아질 것을 대비해
밭고랑은 높이고 물고는 깊게 파내야 한다는 것을

갖은 노력을 해서 가꾸지 않고는
따기도 전에 열매는 썩고 만다는 것을

무엇인가 맛있는 것을 맛보고 싶다면
흘러가는 시간의 여울 속으로
사건의 소용돌이 속으로 뛰어들어가야 한다는 것을

쉬지 않고 끊임없이 노력하고 활동하는 자만이

뛰어든 세상을 뛰어넘을 수 있다는 것을

그들은 죽음으로써
사는 길을 드러냈다.

병실에서

내가 농사지으러 다니는 동네에 사시는
할아버지 한 분이 병들어 누워 있어 문병을 갔다

평생 농사만 짓고 살았다는 그 할아버지
긴 노동에 몸이 성한 데라고는 한군데도 없었다

살려는 욕심과 잘살 수 있을 것 같은 희망과
당장 일하지 않으면 조석 끼니가 온데간데없는
무서운 긴장으로 지금까지 버티어왔을 것이다

때로는,
땅을 치며 울기도 하고 원망과 저주도 하는
알아주지 않는 흙의 마음을 견디어내는
그것은 참으로 오랫동안의 긴장이었을 것이다

먹고 입고 남은 건 병든 몸밖에 없으나
육 남매를 키워낸 기름진 흙덩이를 만지는
그 재미로 살았다는, 할아버지

씨를 뿌리고 김매기를 하고 이듬을 매고 논에 물을 대고

대궁이 척척 휘도록 여문 벼를 베어내는 재미를 준, 땅은
그에게 희망이고 종교였을 것이다

병실에 누운 오늘도, 할아버지의 그 긴장은
멀리서 밭 가는 쇠방울 소리와 철벅이며 모심는 소리가
들리는지
꽉 다문 입에 엷은 미소를 띠고 있다

병실을 온통 붉게 물들인 고단한 석양,
가려 있던 세상을 한껏 드러내 보이고 있다

저녁나절

한줄기 할 것처럼 무더운 저녁나절이다
여기도 가렵고 저기도 가렵다
긁고 또 문질러보기도 하지만 가렵기는 마찬가지다

일이 서툴러 진땀을 많이 흘려 찐득거리는
끈적끈적한 짠 내를 맡고 날아든, 무엇인가
탁탁 쏘고 또는 깨물고 달아나는 저녁나절이다

무엇이 어떤 일로 나를 쏘고 도망갈까, 어쩌란 말인가
어쩌란 말인가, 밭을 더 매란 말인가
끝내란 말인가, 쉬고 싶은 저녁나절이다

아니다, 참자, 흙과 친하자!
이런 생각을 하는 나에게 김을 맨다는 것은
뿌리에 공기가 들어가지 않게 북을 주며 매는 것이라고,

토실토실 살쪄가는 배추 한 폭을 보고도
그윽한 애정이 느껴져야, 비로소 일손이
쉬엄쉬엄 빠르게 된다고 탁탁 쏘아붙이는 저녁나절이다

몸에서 흙냄새 된장 내가 날 때쯤이면
밤이슬에 눅눅하게 젖는 티셔츠에서도, 차츰차츰
불쾌한 감촉이 없어질 것이라고 톡톡 쏘아붙이는

저녁나절이다

나뭇잎은 왜 수런거리는가

나뭇잎이 떨고 있다.
불어오는 바람
아주 작은 움직임 하나에도
생잎으로 떨어질까 걱정하는
두려운 떨림일까
짙어가는 초록의 몸부림일까

제 가슴 문질러 삶을 꿰매어가는
목숨 붙어 있는 것들은 모두가 애잔한가 보다

아득함에 숨 막히는 이파리
욕심부린들 어쩔 것이요
태어난 죄업 덜어가면서 살아야지
너도 나도 소중한 목숨인데
목숨 붙어 있는 건 다 소중한 목숨인데
어쩔거나 어쩔거나,
수런거리는 나뭇잎

죽거나 살거나 만나거나 헤어지거나
엎치락뒤치락 살 수밖에 없는, 떨림

오고 가는 눈빛으로 이어지는 실낱같이 가는
그 시간을 가득하게 살아가는
떨림은 그냥 떨림이 아닐 것이다
이만하면 괜찮게 살고 있다는,

제2부

불씨

어머니가 움켜쥔 부지깽이는
꺼진 불씨도 살려내
하루 세끼 밥상을 차려내는
어머니의 사상이셨다.

밥을 짓다 말고 뛰쳐나와
휘두르던, 어머니가 움켜쥔 부지깽이
꺼지지 않는 불씨로
내 가슴속에 살아 있다

움직이는 고요

내가 농사짓는 밭에는
새싹들이 한창이다

흙을 비집고 태어나는
움직이는 고요, 어린 영혼이
문명의 몇 세기를 뛰어넘은 듯
하늘과 땅, 경계를 무너뜨리고 다가온다.

은밀한 입맞춤같이, 따듯함이
참으로 아련한 것들이
멍하니 호미를 든 채
앞산을 바라보며 생각하게 한다

허수아비인 듯 나는
흔들리면서 흔들리지 않는 숲에 대하여
넘쳐흐르는 초록의 낯섦에 대하여
가물거리는 빛의 아득함에 대하여
변한 것 없이 형식만 변하는 내 삶에 대하여

오늘은, 새싹의 품에 안겨서

양심의 젖가슴을 얼마나 빨았는지
고요를 훔치려는 사람처럼
겁에 질린 도둑놈처럼
조심조심 밭고랑에 북을 준다

박힌 돌멩이들을 추려낸다

밤하늘 별처럼

밤하늘
별처럼 반짝이는
열무꽃이 피었다

어둠의 저편
멀고 깊은 곳에서
어둠의 눈처럼 반짝인다.

형언할 수 없는
고요가 숨을 쉬는 숨결들
별들을 온통 둘러싸고 있다

발자국을 옮길 때마다
흔들거리는, 봄기운

들판은
온통 미친 듯
야단법석이다.

돌 사이를 뚫고 풀을 헤치며

냇물, 개울물이 졸졸 흐르는

밭고랑에서 반짝이는
이것은
도대체 누구의 것일까?

열무꽃이 피었다.

구름떡

김을 매다
뱃가죽이 등가죽에 붙을 때쯤
싸 가지고 온 점심, 구름떡을 먹는다

구름떡 속에는
모성의 질기고도 아픈
각종 견과류가 들어 있어
곱씹을 때마다
허기가 어머니를 부를 때처럼
정겨운 슬픔이 톡톡 터진다

터질 때마다
신선한 힘을 가지고 있는
새로운 생명의 힘을 만들어내는
어머니의 섬이 보인다

전신을 휘감아 들일 것 같은
뒤엉킨 나뭇가지와
우거진 잎사귀 그늘에서
구름과 강물은 속삭이고

산들바람까지, 생을
장난치며 즐기고 있다

꿈일까, 상상일까
어린 시절 김매는 어머니
치마폭을 잡고 따라다니던 전경이다
흙냄새가 물씬 난다.
손에 잡힐 것 같은, 그 그늘에서

구름떡을 먹는, 나는
거역할 수 없는 매력에 푹 빠져 산다.
김매기를 즐긴다

속울음을 씹는다.

이 세상천지에

일을 마치고 집으로 돌아와
샤워를 하고 먹는 밥은 꿀같이 달다
밥 한 그릇 다 먹는 시간이 오 분이나 될까

허겁지겁 배를 채운 나는
거실 소파에 기대 앉아, 아내가
부엌에서 설거지하는 소리를 듣고 있을 때
아내는 눈에 띄게 피곤해하는
내가 걱정이 되는지 쪼르르 달려와
허리를 문지르고 다리를 주무르다
농사짓는 일은 이제 그만두라 한다

나를 주무르다 잠이 든 아내의 얼굴을 보면서
이 세상천지에 기댈 곳이 나밖에 없단 말이냐
그 옆을 더듬거려 홑이불 한 자락 끌어올려 덮어주었다

시계의 초침은 째깍째깍 소리를 내며 원을 그리고
머릿속에는, 지나간 세월들이 토막토막 떠올랐다
크고 작은 일들을 꼼꼼하게 살펴보면서, 그 일들이
아내에게는 어떤 의미가 있었나 생각하면서, 나는

엎드려 귀를 대고 아내의 심장이 뛰는 소리를 들어보았다

앞으로 펼쳐질 세상을 떠올린 나는
천천히 걸음을 옮겨 집으로 향했다
밭 옆으로 졸졸 개울물 흐르는 소리가
꼭, 아내의 목소리 같았다
보드랍고 시원하면서도 만져지지 않는 것
목욕을 하고, 빨래를 하고
설거지를 하도록 도와주는 참 고마운 것
그것이 물이고 아내라는 생각이 들 때,
스르르 눈을 뜬 아내
나도 한숨 자라고 권하고는 코를 곤다.

그냥 웃었다

살아야 한다
나는 살아야 한다
그것도 아주 오래도록 살아야 한다

언제부턴가
이렇게 매일같이 중얼거리는
머리칼은 헝클어지고 몸가짐은 흐트러졌다

누가 나의 내면을 본다면 미친 사람이라고 할 만큼
가파른 내리막길을 비틀거리며 내려오는데
누군가 뒤에서 옷자락을 잡아당기고 있었다

소나무였다
밭에서 일을 하고 돌아오면 반갑다고, 느닷없이
귀싸대기를 올려붙이는 다 큰 큰아들놈이었다.

길고 지루한 겨울이 지났다
냇가 버들가지는 파릇파릇 잎과 눈이 돋아나고
봄을 시샘하는 늦추위가 몇 번 기승을 부렸으나
날들이 지나자 제풀에 힘이 꺾여 물러났다.

가슴에서 번져 나오는 솔향기
헝클어졌던 몸가짐이 부끄러워진
퍼뜩 정신이 든 나는
땀을 뻘뻘 흘리며 밭갈이를 하다
그냥 웃었다
그놈이 살아 있을 때까지는
살아야 한다고 생각하며 웃었다.

멍에

우리는 아버지의 멍에다
멍에를 메고 있을 때 아버지는 아버지다.

밤이면 허리가 끊어진다고 소리를 지르고, 어떤 때는
팔다리가 쑤신다고, 그런가 하면 열이 버쩍 오르고
또 어쩌다 보면 전신이 얼음처럼 차갑기도 한, 아버지가
밉기만 했다
여기다 여기! 아 규규……
꽉꽉 주물러라! 주물러……
아직 어린 손으로 주무르는 것이, 그때는
왜 그리도 싫었는지 알 수가 없다

이렇게 하소연하며 가리키는 곳이 허리였다는 것을
어디가 아픈지 정확히 모른다는 것을
전신에 아프지 않은 곳이 한군데도 없다는 것을
긴 노동에 성한 데 없이 좀먹고 있다는 것을
그 모든 것이 멍에 때문이라는 것을, 그때 나는
몰랐다

잠을 이루지 못하는 오늘 밤,

전신이 콕콕 쑤셔오는데 아프지 않은 곳이 없다
아버지가 메고 있던 멍에를 어느새 내가 메고 있다
멍에를 메고 있다는 것이 이렇게 아프다는 것을
이제야 알 것 같다. 나도 아버지가 되어가지 싶다

허기

밑거름을 듬뿍 주고
열심히 가꾸다 보면 가꾸는 대로 자라나
먹음직스러운 열매를 맺는
그들의 눈을 들여다보았다

단순한 눈매 연초록이
낯설지 않은 봄날같이, 내 안의
깨알같이 까만 상처들까지
들판에 파릇파릇 싹트게 했다

싹트는 것들이
흙에 뿌리를 내리는 것들이
살면서 무엇을 할 것인가 하는
근심스러운 연둣빛이 눈동자를 찌르는

그 시선, 눈짓과 마주칠 때마다
무엇인가 부족한 허기
마음의 씨앗들이 늘어만 갔다

아아, 나는 어떻게 될 것인가

이 징그러운 허기가 나에게는
너무도 많은 나에게 거름을 지르는 힘이다

익숙한 삶에
익숙한 사랑에
새로운 가치에

바람 소리

누가 흔들고 있을까

바람 소리가 더 크게 들렸다
저 바람은 어디서 시작되어 예까지 왔을까
그리고 어디로 가는 걸까

하나에서 열까지 내 손이 필요한 밭에서
이놈 저놈의 뒤치다꺼리를 하며 가꾸다 보면
해도 해도 끝이 없는 일거리에 지쳐서
한때는 그만둘까 하는 생각도 했었다.

그러나 손끝에 스치는 부드러운 흙의 감촉
찡하게 파고들어 가슴을 울리는 생명의 움직임, 이것이
나를 흔드는 바람 소리라는 생각이 가슴을 내리눌렀다

잠시나마 지쳤던 마음이 부끄러운, 그때
머릿속으로 번쩍 스쳐 지나가는 생각이 있었다.

흔들린다는 것은 움직이는 것이고
움직인다는 것은 살아 있다는 것이고

살아 있다는 말은 바람 소리같이 떨림에서 나오는 소리

흔들리지 않고 살아 있다고 말을 할 수는 있을까

밭에서 배운다

밭에서는,
곡물과 야채들이 주인공이다

계절마다 주인공이 바뀐다
봄철에는 열무며 상추며 각종 야채들
여름에는 고추며 오이 가지 호박들
가을에는 배추며 무며 각종 곡물들
겨울에는 월동하는 보리며 시금치까지

철마다 주인공이 빛날 수 있게 가꾸는
밭에서는 사람도 분장사가 되고 소모품이 된다
이 모든 게 먹고살기 위한 수단일지 모르나
누구나 할 수 있는 것은 아니다, 자신이
아무것도 아니라는 것을 인정할 때 가능한 일이다
누구를 위해 헌신할 수 있는 낮은 자세로 돌아가야
하는,

밭에서 굳은살 깎아내며 배운다
벼 한 폭 배추 한 잎도 사랑해야 한다는 것
애정이란 이해관계를 초월해야 한다는 것

애정으로 도덕을 삼는 데서 인류는 행복할 수 있는 게
아닐까

흙냄새와 된장 내란 이런 애정을 의미하는 게 아닐까

자신을 지워버리고 열심히 땀 흘려 가꿀 때
작물들은 빛나는 주인공이 되고, 그 덕분에
나도 잘 먹고 잘살 수 있다는 것을 배운다

호미를 잡은 손이 떨린다

손길이 닿지 않은 곳마다
풀은 뿌리를 내리고 자란다
흙이 있는 곳이면 밭고랑 어디든 자란다

엄마 품에 안긴 아기처럼 자라다
얼크러지고 설크러지다가, 마지막에는
제 씨를 떨구고는
또 다른 풀에게 자리를 양보한다

무슨 약속이나 한 것처럼
때가 되면 자신이 확보한 자리를 양보한다
일 년이면 최소한 세 번은 풀의 종류가 바뀐다

풀이 풀에게 양보하는 자리
흙 위에서는 누가 가르치지 않아도
너와 내가 따로 없는, 풀은
풀을 넘어서는 행동을 한다

밭일을 하다, 이런
풀의 생명 활동을 보면서, 나는

자꾸만 호미질을 멈추고
나를 돌아보고 인간을 돌아보고

돌아보는 마음 밭, 풀은
가깝고도 멀리 있어
호미 잡은 손이 떨린다

농부

흙에 파묻혀 산다
마음은 텅 빈 그릇 같아서
아무것도 아무것도 부러워하지 않는다

사람을 만나면 제일 먼저 밥 먹었어유? 하는

그들에게는 세상이 바뀌든 뒤집히든
벼농사가 잘되고 보리가 얼어 죽지 않으면 그만이다
오직 등 따습고 배부르면 그만인 것이다

쇠를 먹어도 삭히는 몸뚱이,
고향 땅을 물고 뜯어 나누어 먹는
그들은
흙을 척척 갈아 부치는 기쁨으로 산다

말로 주고 되로 받는
나눔의 정으로 빈 쌀독을 채우는
그들은
터진 먹구름 사이로 비치는 햇살,

그들의
눈빛이 흘러간 것들에 의지하며 살고 싶은
나는,

지금은 텅 비어 공명이 울릴 것 같은
고향 마을에 살아 있는 몇 안 되는 그들을
농부라 부르리

아버지의 진가

흙냄새를 맡을 줄 아는 사람이 되자
이런 생각으로 호미질하는 내가 나를 타이를 때
내 귀에 대고 누군가 속삭이듯 이야기한다
흙냄새를 제대로 맡을 수 있는 사람은
생계 수단으로 농사를 짓는 사람만이 맡을 수 있다고,
한 번도 해보지 않은 농사일, 재미로 농사를 짓는
잡풀을 뽑아내는 그것은 언제나 절망이고
죄의식을 불러들이는, 견디기 어려운
연민일 뿐이라고 조용조용 이야기한다
호미질하는 땀방울 사이에서 고춧대 사이에서
들려오는 소리, 전신이 땀에 흠뻑 젖는다
뿌리 뽑히지 않으려고 버티는 잡풀들을 뽑아내는
내 안에서 사라지는 것들이 다시 살아난다
숱한 목숨들이 농사일에 매달려 간댕거리는
익어가는 들판을 하염없이 바라보는 것이 유일한 보람
인 삶,
농부의 코끝에 스며드는 그것이 흙냄새가 아닌가 싶다
흙냄새를 맡을 줄 알았던 아버지,
농부에 지나지 않았던 한 사내의 생애가

아름답게 느껴지는 오늘은
아버지의 진가를 보는 것 같았다

제3부

밭에서

갈아엎은 밭고랑
벌건 흙이 암내, 암내를 풍긴다
생명을 품는 소리가 진동한다

모든 것을 갈아엎은 밭에는
아무것도 없다. 따뜻한 햇살밖에는

희나리

꽃 핀 시절
벌레가 알을 슬었다는 것을
눈치채지 못하는 희나리
끝까지 가지에 매달려
빨갛게 익기만을 기다리고 있다

빼곡히 박힌 썩은 점, 희끄므리 바랜
육질이 종잇장같이 얇아
따서 버릴 수밖에 없는
너의 모습을 볼 때마다 손길이 저절로 간다

따낼 때마다 드러내 보이는
벌레 먹어 흉한 모습, 말하지 않아도 나는
너를 희나리라 부를 수밖에 없어, 그동안
쏟아부은 정성이 안타까울 뿐이다

잘 익어가는 고추라고
희끗대는 말을 들을 때마다, 나는
정신을 바싹 차린다
희나리만을 골라서 따낸다

가지를 따면서

된서리가 내리는 늦가을까지
따내도 따내도 주렁주렁 싱싱하게 열린다

제 목숨 다할 때까지
누가 따 가든 관계없이
먹거리를 매달고 있는 가지나무,
사람도 저럴 수 있을까
가지를 따내며 상큼한 향기 맡아본다

가지밭이 이토록 싱그러운 건
가꿀수록 먹음직스러운 가지가 많이 달리기 때문이다
많은 사람들의 반찬이 되기 때문이다

이처럼 사는 사람도 있을까
아니, 얼마나 될까
가지를 따면서 엎드릴 수밖에 없는 나는

배추를 기르면서

사람들은 백일배추를 알아보기 힘들 것이다
그럼에도 백 일 동안 정성 들여 기르는 것은
겉모양은 너절너절한 것 같아도 쪼개놓으면
결구가 제대로 되어 단단하고 노란 속이 꽉 차 있어
김장을 담가놓으면 겨울 동안은 물론이고
늦은 봄까지 무르지 않고 맛이 변하지 않기 때문이다

씨를 뿌리고 모종을 하고 김을 매주고
벌레를 잡아주며 백 일 동안 기도하듯 가꾸어야 하는
배추 한 폭을 기르는 일도 단순한 것은 아니다
이렇게 가꾸다 보면 가장 탐스럽고 싱싱할 때는
기른 지 팔십 일 정도 될 때이다

많은 사람들은 이때 뽑아낸 배추,
팔십 일 배추로 김장을 담글 것이다
보기는 좋아도 쪼개놓으면 성글다, 김장을 담그면
쉽게 무르고 봄까지 먹기에는 군내가 나서 힘들 것이다
팔십 일 배추로 김장을 담그는 이유는, 아마도
입으로 먹기보다는 눈으로 먹기 때문일 것이다

배추를 기르면서, 나는
알고 말았다.
결구가 제대로 된, 속이 단단하고 꽉 찰수록
거죽이 너질구레해서 낯설고 볼품이 없다는 것을

곁순을 따내며

토마토 곁순을 따낸다.
내 손, 손가락이 연장이다
원줄기, 그 밖의 다른 가지들은
혹, 꽃이 피어 있더라도
모두 따낸다

손가락에 힘을 있는 대로 주어도 떨어지지 않는
질기디질긴 순이, 가지가 있는가 하면
손만 대도 똑 하고 떨어지는 연약한 순도 있다

탐스럽고 먹음직스러운 토마토 한 알을 얻기 위해
손에는 얼마나 많은 푸른 물이 들어야 하는지,
곁순을 따내야 하는지, 만만치가 않다

따내면 따낼수록
실한 열매에게 초대받을 수 있을 것 같아서
자꾸만 자라는 욕망 버릴 수 있을 것 같아서
따내도 따내도 자꾸만 돋아나는
곁순을 따낸다, 이제는
곁순을 알아보는 눈이 생겨서 잘 따낸다

토마토

잘 익은 한 알이 되기까지
사람의 발자국 소리를 듣고 자란다

붉은 얼굴, 한 알 한 알
모든 악령을 쫓아낼 듯이 선명한 것은

새벽을 알리는 닭벼슬처럼
어둠의 문을 열어 보이며 다가오는 것은

어둠으로부터 탄생하는
검은 예술, 어둠을 밝히던 지난 시간들을
생각하게 하는 것이다

쑥쑥 자라 붉게 물들 때까지
손에 굳은살이 박이도록
씨앗을 뿌리고
잡풀을 뽑아내고 북을 주고
농약 대신 막걸리를 뿌리고
보기만 해도 엄두가 나지 않던
어두운 시간을 떠올린 나는

먹어도 먹어도 맛있어
언제 그랬냐는 듯 마음고생 사라진
밭에서, 지인들과
잘 익어 쩌억 쩍 갈라진
속을 훤하게 열어 보이는
나눔의 정을 주렁주렁 엮어간다.

속죄의 땅을 열어 보이는

일하러 간다

오늘도 밭에 일하러 간다
올해로 십 년째 매주 토요일과 일요일이면
흙, 흙내 물씬 풍기는 밭에서
한평생 흙만 파먹는 사람처럼 일한다

흙의 아들처럼
낡아 빠진 맥고모자 쓰고
좀 더 잘살자, 좀 더 값있게 살자
좀 더 깨끗하게 살고
좀 더 건실한 생활인이 되자

구호 같은, 이런
흙냄새를 싫어하는 사람이 사람이냐
그깟 놈들 입만 살아서 나불거리지
이런 생각, 김을 매고
갓난아이 돌보듯 곡물을 돌보고, 또
돌아본다

돌아볼 때마다, 쑥쑥 자라는

대궁이 척척 휘도록 달린 열매들
다디단 열매가 달린, 밭에 일하러 간다

고구마꽃

고구마꽃이 피었다

잎줄기와 순을 따
나물 무침을 해서 먹으려고
고구마밭에 갔다가 보았다

나팔꽃을 닮은 연한 분홍빛
백 년에 한 번 핀다는
고구마꽃이 무더기로 피었다

등에 땀띠가
여름 내내 가실 줄을 모르던 날들이
가슴 아파하던 날들이
종종걸음 치던 날들이 꽃잎에 어룽거렸다

보는 것만으로도 행운이지 싶어
활짝 핀 꽃을 들여다보며
나는 이 생의 나를 달래고 달래는데

꽃은, 참으로 깨끗한

가을 날씨를 펼쳐 보였다

피부에 와 닿는 부드러운 햇살
조각구름을 파도처럼 움직여
용처럼 사자처럼 형상을 바꾸더니
어디론가 흐르게 했다

놀라고 감탄하면서 뒤쫓는 내 눈은
햇빛 받은 잠자리 날개 위에 몸을 눕히고 있는
여인의 모습, 어머니

어머니를 부르며
내 마음 꽃핀 줄도 모르고
이렇게 흙을 일구며 살고 있다

씨를 뿌리면서

오늘도 씨를 뿌린다
한 움큼 움켜쥔 손에
더운 피가 돌자, 순식간에
손가락 사이로 빠져나가는
흙내 맡은 씨앗들,
또 다른 생을 시작하기 위해
새싹을 틔울, 뿌리내릴
흙내의 영원한 움직임을
내 눈에 밀어 넣는다
스스로 흩어져 자리를 잡는
씨앗들 품 안에 껴안고
잿빛으로 감싸며
빛을 추구하도록 채찍질하는
부드러운 움직임,
해마다 씨를 뿌리는
내 욕구를 만들어낸다
움직임, 흙내는
씨앗을 싹 틔우는, 마음을 바꾸는
생명의 가장 아름다운
발명품 같다.

내게는 이게 행복이지

야채를 가꾸는 것은
시간이 많이 걸리고 힘든 일이지만
기쁜 일이기도 하다

야채를 가꾸면서, 그들에게
말을 걸고 그들의 소리에 귀를 기울이다 보면
가슴 깊은 곳으로부터 뿌듯한 기쁨이 차올라 온다.

그것은 어쩌면 현재를 살아가고 있는
나 자신을 확인하는 일인지도 모른다.

태어나면서부터 내가 지금까지 겪었던
크고 작은 일들을 꼼꼼하게 떠올리며
삽으로 흙을 파서 일구고
괭이로 골을 따서 씨앗을 뿌리고
싹이 트면 솎아낼 것은 솎아내고
다른 잡풀들은 뽑아낸다, 마음으로 가꾼다

농약도 치지 않고 비료를 주지 않아도
튼실하고 생기가 나는 야채들을 보고 있으면

모든 근심 걱정, 괴로움에서 벗어날 수 있어
내게는 이게 행복이지
주문 같은 말을 입속으로 중얼거리는, 나는

아마도,
이 세상 행복한 사람 중에 하나일 것이다

묵밭

우거진 명아주가
지팡이를 만들어도 될 만큼 크다.
저 밭이 저렇게 묵밭이 된 것은
주인이 나이가 들어 힘이 부친 탓이다

자라나야 할 곡물 대신
사람 키보다 웃자란 잡풀들
뚫고 들어갈 길을 내주지 않는다
가슴 밑바닥에 뒤엉킨 어둠 같다

꿈을 산산이 깨뜨려버리는 익숙한 방문객
원망스러운 눈빛으로 바라보는 나는, 번져오는
어스름 속에서 칭칭 감아 도는 노을빛
멍하니 바라볼 수밖에 없다

그리 오래되지 않은 묵밭
명아주로 만든 지팡이를 짚고
황혼에 물든 사람처럼
땅을 콕콕 찍으며 입을 굳게 다무는데
어디선가 바람이 불어왔다

낙엽은 우수수 떨어지고 산은 우우 소리를 지른다

가는 세월 앞에서는 맥을 출 장사가 없다더니
여름에 푸르름을 자랑하던 풀과 나무
사는 동안 무엇을 할 것인가 지난 세월 뒤돌아보는 듯
누렇게 뜬 얼굴로 불어오는 바람에 몸을 내맡긴다

생각을 멈추었다
그리고 뒤를 돌아보았다, 그 앞에 펼쳐지는
모든 것들에게 정말 고맙다고,
고개 숙여 인사를 할 수밖에 없는, 나는

흙내

시냇물은 조약돌이 옹기종기 몰려 있는
밭둑 밑을 지날 때마다 종알대며 흘러간다
뭐라고 말하는지 알아들을 수만 있어도
이 뙤약볕 밭고랑에 엎드려
잡풀을 뽑고 있지는 않았을 것 같다
상추나 오이 같은 푸성귀를 길러 지인들과 나누어 먹는
나눔의 정을 나누지도 않았을 것 같다, 이렇게
농사를 짓는답시고 허덕이는 동안 해는 지고
엿가락처럼 늘어진 정신은 나눔에 얽매여
해를 보지 못하는 박쥐처럼 동굴 속에 매달려 있다
저 시냇물처럼 잘 흘러가며 살 수 있다고
이렇게 나눔의 정을 나누며 살고 있다고
밭고랑에 엎드려 호미질을 하고 있는 내게
혹혹 밀려들어 숨 막히는 이것이 흙내라는 것을 가르치
는
　오늘,
　호미질과 땀방울 사이에서 가고 온다

그의 표정

그는 오직 농부였다
내 어린 눈으로 보기에는
비열할 만큼 충실한 흙의 노예였다.

칠십 평생 혹사해온 나머지 핏기 하나 없는
늙고 병든 육체만을 떠안긴 흙이지마는, 그는 아직도
흙에 대해서 억제할 수 없는 감격을 느끼는 것이 분명
했다

지워지지 않는 미련이 남아 있는지
쟁기질하는 자식 놈이 양에 차지 않았는지
쟁기를 뺏어 들고는
자, 봐라, 쟁기 날을 이렇게 대고는
사람은 여기에 서야지
그래야 소가 제대로 힘을 쓰지
사람이 한쪽으로 기울어지면
소가 한쪽에만 힘을 써야잖느냐
사람과 소가 한 몸이 돼야지, 그래야 쉽지 않겠냐
하는, 그는

지난 세월 땅을 치며 울기도 했을 것이고
땅에게 원망도 저주도 해왔을 것이다
알아주지 않는 흙의 마음에 걷잡을 수 없는 격분을 느
끼는
필생의 삶을 살았을 것이다

그러나 지금 쟁기질하는 그의 표정은
칠순이 지난 늙은이라는 것을 까마득히 잊어버린 듯했다
그는 천상 농부였다

제4부

농사를 짓는 나는

농사짓기를
참 잘했다 싶다

오늘 할 수 없는 일은 내일도 할 수 없다
망설임 없이 흙을 갈아 부칠 때마다
흐뭇한 환상, 흙의 속살을 더듬어가는 그것이야말로
여자 품에 안겨 하룻밤을 지새우는 것보다 황홀하다

그것은 가슴속에서 우러나오는 욕망을, 다시
가슴속으로 밀어 넣을 때 조화의 힘으로 생겨난다

언제나 한결같이 활기를 띠게 만드는 정열은
폭풍처럼 끓어올라 붉게 타는 저녁노을
엄숙한 마음으로 바라볼 수밖에 없게 하고
골짜기에 만발한 무수한 꽃을 꺾었던 시절을 바라보게
하고
사람을 만족시킬 수 있는 것은 아무것도 없다는 것을
생각하게 한 나머지, 보잘것없지만 야채를 가꾸어
지인들과 나누어 먹는 나눔의 정을 나누게 한다

나눔이 마음을 움직인, 가까워진 지인 몇몇과
걸음을 멈추고, 점점 깊어지고 엮어지기도 한다
때로는 엮어짐이 깊을수록 방해가 뒤따르고
열중하면 할수록 괴로움이 찾아오기도 하지만
한 점 진리의 빛을 찾아가는 재미를 주기도 한다

이렇게 좁고 한정된 땅에서 농사를 짓는, 나는
어떤 도구이건 마다하지 않고 농기구로 사용한다
호미며 삽은 물론이고
햇빛이며 달빛 별빛까지

새록새록 짙어지는

마른바가지 속처럼
굵다란 힘줄이 서려 있는
거칠 대로 거칠어진 손길을 마다치 않고
쑥쑥 자라주는 곡물들이 좋다
손길이 발길이 닿을 때마다
새록새록 짙어지는 진솔한 성품이 좋다
정성을 들인 만큼 자라나서 좋다
자라나 열매까지 내어주는
얄밉도록 사랑하는 마음이 좋다

이렇게 농사를 짓다 보면
못다 한 인연의 아쉬움,
지금은 흙 속에 잠들어 버린
사랑하는 사람을 잊은 채 살아가는
서러운 추억을 환기하는 것은
저승에서나마 잘 살기를 바라는
흙에 정성을 들이는 것이다

그래서 들판은
모든 것을 내어주고도

흐느끼며 여울지는지도 모른다
새록새록 짙어지는지도 모른다

그 말은 낡았지만

부음을 듣는 순간
할머니의 얼굴은 기억나지 않고
평소 내게 하던 말이 먼저 떠오른다.

일이란 그렇게 용을 쓰는 게 아니야
쉬엄쉬엄 하는 게야
꼭, 하는 일이 곰탱이 같단 말이야

그 말은 낡았지만
하늘 높이 날아가는
한 마리 학의 날카로운 목소리

땀을 흘리며 일을 하다가도
혹시나 또 들을 수는 있을까 하고
하늘을 바라볼 수밖에 없는, 그 말

얼마만큼이나 용을 더 써야
얼마만큼이나 고통스러움을 더 겪어야
노는 듯 일을 하는 듯 온종일 일을 할 수 있을까

삭혀도 삭혀도 경건해지는

영안실로 들어간 그날 저녁, 나는

밤하늘 별처럼 박혀 있는 그 말을 보았다

마음의 고랑

고추가 제법 자리를 잡고 토실토실 살쪄간다
야무지게 익어가는 고추며 가지, 오이
아이들을 키울 때처럼 바라보다 생각한다
아무런 생각 없이 구슬땀 흘리며
하루에도 몇 번씩 돌보며 손길을 준,
애정이 낳은 결과인 듯싶다는 생각을 했다
농사일을 천직으로 알던, 아버지가 말하던 흙냄새
도회지 사람들에게서는 도대체 흙냄새가 나지 않는다는
이런 생각을 문득문득 하면서도
농사일 자체가 울컥하고 가슴에 치미는 증오라는 생각,
밭고랑을 건너듯 세상을 건너가며 마음의 고랑을 넘는다
세상사를 삭히고 삭이면서 오늘도 나는
지인들과 고추며 상추 그 밖의 것들을 나누어 먹는다
일을 마치고 집으로 돌아오는 길
사람에겐 이렇듯 욕심이 많은 겐가 싶은 생각을 한다

호미

살아생전 꼭 한번
제대로 살고 싶다는 생각이
그건 농사밖에 없다는 생각이
호미를 들게 만들었다

김맬 때 쓰는 도구다
팔과 손아귀의 힘을 낭비 없이
날 끝으로 모으는, 꼬부라진 허리
고개를 살짝 비튼 빼어난 선이
손으로 만지는 것처럼
흙을 느끼게 한다.

땅만 보면 심고 거두는
잡풀을 뽑아내는, 핏줄의 내력이
허리를 굽힌 채 땅만 보고, 겸손함이
고개를 살짝 비틀어 웃는, 무딘 쇳빛이
촌스러움이 돋보이는, 참으로
참으로 잘생겼다 싶다

호미질을 할 때마다

어쩌면 이렇게 잘생겼을까?
내 손아귀에 딱 들어맞는다.

고랑

금방 갈아엎은 밭고랑이 벌겋다
응혈이 터질 것 같은 고랑을 다듬는
농부의 손길,
세월을 물고 늘어지는지 한가롭게 보인다
삼라만상을 다 심으려는지
자신의 운명에 싹트는
번민과 갈등을 추스르는 것인지
느릿느릿한 손길이 변화무쌍하다
농군으로 살아갈 수밖에 없는
불덩이 같은 슬픔이
생명의 근원에서 오는 통증이
몸으로 체득한 깨달음을 실천하는지
거칠면서 부드럽다
뜨거운 것이 치미는 가슴으로
바라보는 동안 벌건 밭고랑이
새삼스레 눈에 들어왔다
어제의 내가,
그 고랑을 부드럽게 다듬고 있는

그의 뒷모습

잡풀 더미를 태운다
뽑아낼 때는 그렇게도 힘들더니
태울 때는 아무런 저항도 없이 타들어간다.
흙으로 돌아가는, 열반이 따로 없어 보이는
잿더미를 뒤적이다, 살아남은 씨앗을 본다
열반이 다 무슨 소용이랴 싶다
여기저기 돋아나는 풀씨, 우거지는
잡풀을 뽑아내며 키운 열매가 크고 달듯이
지상의 하루하루는 잡풀과의 힘든 싸움 속에 있다
풀이 자라지 않는 땅에는
곡물도 자라지 않는다
잡풀을 뽑아내면 낼수록
잘 익어 대궁이 휘도록 열매를 매달고 있는
누군가 따가기만을 기다리고 있는, 저놈이
그놈이지 싶은, 밭에서
그의 뒷모습을 바라보는, 나는
오늘도 열심히 잡풀을 뽑아내며 농사짓는다.

진땀이 흘렀다

호미질을 하다 말고
먼 산 바라보며 앉아 있다

먹고 입고 남는 게 없었다면
이렇게 땀 흘리며 지치지 않아도 될 텐데
잡풀 뽑아낸 자리가 포실포실 부드러운
흙냄새

먹고 입고 하는 건 한정이 있지만
여유에는 한정이 없다는 듯
잡풀에 가려 있던 탄력 있는 세상이 드러난다

먹고 입고 사는 일도 김매기, 호미질일 텐데
꼭 농사를 지어야 하는 건 아니지, 사치지

땅값이 오르길 바라는, 내 피에
흙의 전통이 흐르고 있다고 생각한 것은
착각이었다
호미질을 할수록 진땀이 흘렀다.

밥맛

밭둑에 핀 풀꽃들
바람결이 참 부드럽다

바람은, 어떻게
칼날같이 날카로웠다가
이처럼 부드럽기도 하는지

모든 것을 비뚤어진 눈으로 보고
어떤 순간에도 만족하지 못하는
사람들에 의해 저질러지는, 모든 것이
밥맛까지 잃어버리게 하는

봄이 깊어가면 갈수록 밥맛이
점점 더 떨어진다고들 하지만
땀 흘려 일을 하고 나면 밥맛이 당긴다

들판에서 허리에 찬 수건으로
이마에 흐르는 땀을 닦아내며 먹는
밥은 간장만 찍어 먹어도 꿀맛이다
김치는 약간 쓴 듯하면서 새콤한 맛이

그 무엇에 비길 수 없을 정도다

어떻게 세상에 이런 맛있는
음식이 있을까 싶을 정도로 맛있다

푸른 들판에 나와
행복과 불행, 고민의 씨를 흙에 뿌리고
열심히 가꾸다 보면 바람결은 부드러워지고
밥맛은 살아난다

시장이 반찬이란 말은 옛말이다

어떤 농부의 말

손바닥같이
마음까지도 굳은살이 박였습니다
박일 만한 곳에는 다 박여 단단합니다

행동으로 옮기지 못할 바에는
농사가, 농사꾼이 이러니저러니
입으로만 나불거리지 마십시오

우리를 올렸다 내렸다 흔들지 마십시오
입으로만 지껄인다면
산과 들 이 세상은 어찌 되겠습니까

우리 같은 농부가 있어
당신들도 생명을 낳고 기르는
아름다운 소리를 내면서 빛날 수 있는
빛이 된다는 것을 잊지 마십시오

움직임은 생기가 넘치는
생명을 솟아나게 하는 원천입니다

빈말이라도 나를 흔들지 마십시오

불쾌한 애정

칠순이 다 되도록 사는 동안
이만큼 격분한 일이 또 있었나 싶다

벌레 먹은 양배추 잎을
한 잎 한 잎 뒤집으며 벌레를 잡아내는
돌 위에 올려놓고 짓찧고 있는
나를 발견한 나는, 난생처음
미움보다 더 미운 미움을 경험했다

온갖 정성으로 돌보며 키우는
그윽한 애정을 갉아먹고 사는
세련돼 보이는 매끈한 벌레에 대한 증오였다
갖은 노력, 피와 땀으로 가꾼 곡식
장난하듯 까먹고 날아다니는
참새 떼에 대한 미움이었다

내 혈관 속에 이토록이나 잔인한
피가 흐르고 있다는 것을, 발견한 그것은
그지없이 불쾌한 애정이었다.

느닷없이

지난겨울 흔적도 없이 사라졌던 풀꽃들
어느새 모두들 꽃등을 내다 걸었다

작은 생명 어느 것 하나 허락할 것 같지 않던
그 지독한 추위 속에서
모두들 어디에 생명의 씨를 감추어두고 있었을까

이런 생각을 할 때쯤이면,
농사를 짓는 사람이라면 누구나
무언지 모를 그리움에 가슴이 설레게 마련이다

손에 잡히는 나뭇잎의 감촉이 부드럽고
코끝을 스칠 때 풋과일 냄새가 나는 밭둑에 앉아
고개를 들면 끝없이 펼쳐지는 하늘,

하늘은 하얀 구름 둥둥 띄워놓고
은빛 날개 비행기를 숨겨주던 그 하늘 같아
돌이켜보면, 농사짓던 지난 몇 년이 꿈만 같다.

난생처음 밭을 갈아 부치던

그날을 떠올린 나는
온몸이 움찔움찔 떨리는데, 느닷없이 의심이
산다는 것에 대한 의심이 일었다

난생,
처음으로 왜 살아야 하는가 하는 의문을 가졌다

저녁나절이다

스멀스멀 기어오른 벌레 같은 어둠이 능선을 갉아먹는 소리, 놀라 뛰는 노루 뒷발에 채인 나뭇가지 찢어지는 소리, 암노루 궁뎅이가 희끗희끗 산기슭을 적시는 저녁나절이다

그런 틈새에 살아가는 것들, 어슴푸레한 빛 속 어둠이 몰고 오는, 견디기 어려운 푸석거림, 가엾은 마음을 사르는 능선이 붉은 저녁나절이다

어둠이 빛을 지우는 부적 같은 한 장의 그림이 드러내 보이는 숲 속에는 꽃과 잎들이 떨며 진주 같은 이슬방울 떨어뜨리고, 껍질을 하나하나 벗는 산봉우리, 장엄한 시간을 알려주는 저녁나절이다

잃을 것도 없는 것을 잃을까 봐 끊임없이 몸부림치는 저녁나절
어둠이 능선을 지우며 내게로 오는 동안, 어둠에 익숙한 하늘은 밥풀 같은 별 몇 알 오물거리고 있다.

존재론적 시원을 발견해가는 마음의 우주
- 박종국의 시 세계

유성호(문학평론가·교수)

1.

　박종국 시인의 네 번째 시집 『누가 흔들고 있을까』는 등단 20년을 눈앞에 둔 한 중진 시인의 시적 생애에서 일종의 중간 보고서 같은 위상을 가지게 될 돌올한 성과라고 할 수 있다. 우리가 익히 알고 있듯이, 그동안 박종국 시학의 원천이자 질료는 '색깔'이었고, 그것을 가능하게 했던 것은 '빛'이었다. 그만큼 시인은 사물들이 스스로 빛을 뿌리는 순간을 '색깔'이라는 고유한 현상으로 잡아내었고, 전혀 다른 존재론적 전환을 꿈꾸는 역易의 상상력으로 줄곧 형이상학적 비의秘義를 탐색해왔다. 그러던 시인의 궤적이 이번 시집에서는 경험적 직접성을 통해 농사일의 세목을 구체적으로 드러내는 쪽으로 변모하였다. 이는 최근 우리 시가 망각하고 있는 음역音域을 선명하게 복원해내고 있다는 점에서, 그리고 태작이 거의 없는 한결같은 집중력으로 구성되어 있다는 점에서 우리의 시선을 강력하게 붙들어 맨다. 결국 이번 작품집은 그가 구체적인 농사 체험들을 채집하면서도 그것들을 깊은 긍정의 눈으로 바라본 미학적 성과물인데, 가히 새로운 모음母音의 질서요 스스로[自] 그러한[然] 원리들에 대한 친화적 전회轉回라고 할 수 있을 것이다.

하지만 이러한 외연적 전환에도 불구하고 박종국 시인은 여전히 사물들끼리 호혜적으로 주고 받는 전신傳信 과정을 하나하나 채록하면서 우주적 스케일의 형이상形而上을 그려낸다는 점에서는 일관된 모습을 보인다. 한 편의 아름다운 시이기도 한 「시인의 말」에서 그는 "어느 철학자보다/ 어느 학문보다/ 많은 가르침을 주는 농사일"을 통해 자신이 그동안 "존재자의 빛깔밖에" 보지 못했지만, 이제는 '흙냄새' '바람' '시냇물' 등이 "살 만한 세상"을 만들어가고 그 자연 사물들로 인하여 "모든 세상이 빛깔로 찬란하다는 것"을 알아간다고 고백하고 있지 않은가. 새로운 '빛깔'을 비로소 보게 된 지극히 자연스러운 마음의 성숙 과정이요, 존재론적 시원始原을 발견해가는 마음의 우주요, 그 점에서 박종국 시학의 일대 미학적 진경進境이 아닐 수 없을 것이다.

2.

박종국 시인은 이번 시집에서도 사물이 그려내는 섬세한 물리적 파상波狀에 자신의 궁극적 귀속처가 있음을 다시 한

번 노래한다. 단연 아름다운 서정시가 이때 착상되고 쓰인다. 자신의 감정을 직접 토로하는 것이 아니라, 사물 자체에 집중하고 사물 스스로 말하게 하는 세련되고 깊이 있는 감각과 사유에서 가능한 것이다. 그는 이러한 감각과 사유를 통해 사물들의 본성本性을 그대로 살리는 데 힘을 기울여 간다. 하지만 시인은 사물과 동화되어버리지 않고, 사물과 한결같이 일정한 미적 거리를 유지하면서 중요한 그들의 속성을 형상적으로 추출하고 배열한다. 다시 말하면 시인 자신의 경험을 직접 노출하고자 하는 욕망을 경계하면서, 사물이 가지고 있는 본래적 속성을 드러내는 데 몰입하는 것이다. 이러한 과정을 통해 완성된 이번 시집에선 시인이 자신이 살아왔고 또 살아가야 할 삶의 표지標識들을 적극 유추하고 성찰하는 방법론을 취하고 있다는 것을 보여주는데, 그 유비적 방법을 통해 새로운 감각과 사유로 이끌어간 결실이 말하자면 이번 시집인 셈이다. "올해로 십 년째 매주 토요일과 일요일이면/ 흙, 흙내 물씬 풍기는 밭에서/ 한평생 흙만 파먹는 사람처럼"(「일하러 간다」) 일을 하는 그 구체적 장면 속으로 들어가보자.

씨앗의 문을 열자

삶과 죽음이

얼마나 농축되어 있는지

빛깔밖에는

아무것도 볼 수가 없다

맨발로 작두날을 타고 있는

무당이

삶과 죽음의 경계에서

떡시루를 이고 펄펄 뛰는

굿판 같은 빛깔이다

— 「씨앗」 전문

시집의 서시 격인 이 시편은, "씨앗" 안에 "삶과 죽음"이
농축되어 있다는 새삼스러운 발견과 함께 그때 "빛깔밖에
는/ 아무것도 볼 수가" 없었던 시인의 실존적 고백을 잘 담
고 있다. 그런데 그 '빛깔'은 서서히 "맨발로 작두날을 타고
있는/ 무당"처럼 "삶과 죽음의 경계"를 가르고 붙이는 "굿
판 같은 빛깔"로 몸을 바꾸어간다. 이렇게 "씨를 뿌리고 김
매기를 하고 이듬을 매고 논에 물을 대고/ 대궁이 척척 휘
도록 여문 벼를 베어내는 재미를 준, 땅은/ 그에게 희망이
고 종교였을 것"(「병실에서」)이라는 발견을 하나하나 해가는
시인의 모습은, 이미 '씨앗' 하나에서 발원하기 시작한 것이
다. 그리고 씨앗 하나하나를 정성껏 뿌리는 마음에서 '시인
=농부'가 태어난 것이다. 그렇게 "어머니를 부르며/ 내 마
음 꽃핀 줄도 모르고/ 이렇게 흙을 일구며 살고"(「고구마꽃」)
있는 시인은 "초보 농사꾼"(「비 때문에」)으로서 매순간 "농사
짓기를/ 참 잘했다 싶다"(「농사를 짓는 나는」)는 경험적 자긍심
을 가지게 된다.

이처럼 이번 시집에는 박종국 스스로의 자연 친화적 생활을 통해 구체화된 이야기가 가득 펼쳐져 있다. 텃밭에서 일군 신선한 야채며 영양이 가득한 씨앗들, 바로 따서 식탁에 올린 열매들을 먹으면서 그는 '흙'을 가장 원초적인 삶의 무대로 끌어올린다. 이때 우리가 거기서 살아 있는 신성神聖을 느끼게 되는 것도 무리는 아닐 것이다. 시인의 새로운 삶의 방식은 그 순간 어떤 특수한 공간에서 이루어지는 자폐적 행위가 아니라, 우리 현대인의 삶에서 어떤 것이 과잉되어 있고 어떤 것이 결핍되어 있는가를 반증反證해주는 상징적 면모까지 띠게 되는 것이다.

오늘도 씨를 뿌린다
한 움큼 움켜진 손에
더운 피가 돌자, 순식간에
손가락 사이로 빠져나가는
흙내 맡은 씨앗들,
또 다른 생을 시작하기 위해
새싹을 틔울, 뿌리내릴
흙내의 영원한 움직임을
내 눈에 밀어 넣는다
스스로 흩어져 자리를 잡는
씨앗들 품 안에 껴안고
잿빛으로 감싸며
빛을 추구하도록 채찍질하는

부드러운 움직임,

해마다 씨를 뿌리는

내 욕구를 만들어낸다

움직임, 흙내는

씨앗을 싹 틔우는, 마음을 바꾸는

생명의 가장 아름다운

발명품 같다.

—「씨를 뿌리면서」 전문

'씨'는 만물의 근원이요 모든 생명을 잉태하는 심연이다. 자연스럽게 농부는 오늘도 씨를 뿌린다. 그런데 씨는 농부의 손에서 빠져나가는 순간 바로 그 손의 "더운 피"를 느끼면서 본능적으로 "흙내"를 맡는다. "또 다른 생을 시작하기" 위한 생명의 여정이 그때 시작된다. 그렇게 새싹을 틔우면서 뿌리를 내리게 할 "흙내의 영원한 움직임"은 "스스로 흩어져 자리를 잡는" 우주의 몸짓이기도 할 것이다. 빛을 쫓아가는 "부드러운 움직임"과 "마음을 바꾸는/ 생명의 가장 아름다운/ 발명품"인 '흙내'는, 그렇게 씨를 품고 감싸면서 새로운 생명들을 파생해간다. 이처럼 "흙에 파묻혀 산다/ 마음은 텅 빈 그릇 같아서/ 아무것도 아무것도 부러워하지 않는다"(「농부」)고 말하는 시인의 품은 자신만의 경험적 부피를 담아내면서 가장 자연 친화적인 잠언箴言들을 만들어내는 것이다. 시인이 자신의 시 안쪽으로 적극 안아들이는 '흙내'란, 다른 시편에서도 "저 시냇물처럼 잘 흘러가며 살 수 있다고/ 이렇게 나눔의 정을 나누며 살고 있다고/ 밭고랑에 엎드려 호미질을 하고 있는 내게/ 훅훅 밀려들어 숨막히는 이것이 흙내라는 것을 가르치는"(「흙내」) 순간에 대한 경이와 감사로 나타난 바 있다. 그래서 시인은 "우리 같은 농부가 있어/ 당신들도 생명을 낳고 기르는/ 아름다운 소리를 내면서 빛날 수 있는/ 빛이 된다는 것을 잊지 마십시오"(「어떤 농부의 말」)라고 진정성 있는 발화를 할 수 있었을 것이다. 그 '씨'가 싹을 틔우고 마음을 길러내는 장면은 다음 시편으로 이어지게 된다.

> 내가 농사짓는 밭에는
> 새싹들이 한창이다
>
> 흙을 비집고 태어나는
> 움직이는 고요, 어린 영혼이
> 문명의 몇 세기를 뛰어넘은 듯
> 하늘과 땅, 경계를 무너뜨리고 다가온다.
>
> 은밀한 입맞춤같이, 따듯함이
> 참으로 아련한 것들이
> 멍하니 호미를 든 채
> 앞산을 바라보며 생각하게 한다
>
> 허수아비인 듯 나는

흔들리면서 흔들리지 않는 숲에 대하여
넘쳐흐르는 초록의 낯섦에 대하여
가물거리는 빛의 아득함에 대하여
변한 것 없이 형식만 변하는 내 삶에 대하여

오늘은, 새싹의 품에 안겨서
양심의 젖가슴을 얼마나 빨았는지
고요를 훔치려는 사람처럼
겁에 질린 도둑놈처럼
조심조심 밭고랑에 북을 준다

박힌 돌멩이들을 추려낸다

— 「움직이는 고요」 전문

    이제 씨앗은 흙내를 맡으면서, 흙과 더불어, 흙 속에서 새싹으로 돋아난다. 그것은 한마디로 말하면 "흙을 비집고 태어나는/ 움직이는 고요"일 것이다. 마치 어린 영혼이 하늘과 땅의 경계를 무너뜨리면서 다가오듯이, 씨앗의 저 고요한 움직임은 "은밀한 입맞춤"처럼 따뜻하게 찾아온다. 이렇게 시인은 씨앗의 발아 과정을 "형언할 수 없는/ 고요가 숨을 쉬는 숨결들"(「밤하늘 별처럼」)로 잡아낸다. 이때 농부는 자연스럽게 씨를 뿌리고 난 후 "흔들리면서 흔들리지 않는 숲에 대하여/ 넘쳐흐르는 초록의 낯섦에 대하여/ 가물거리는 빛의 아득함에 대하여/ 변한 것 없이 형식만 변하는 내 삶에 대하여" 바라보고 기다리고 말하려는, 곧 "고요를 훔치려는 사람"이 된다. 그 순간 "생명을 품는 소리가 진동"(「밭에서」)하는 것이 느껴지지 않는가. 그렇게 우주의 "모든 것은/ 어떤 무거운 질서 속에서/ 스스로의 몫을 감당하고"(「늦가을, 달밤에」) 있음을 시인은 구체적 경험 속에서 발견한다.

무릇 시인이란 궁극적이고 본질적인 실재에 다가갈 수 없는 비극성을 노래하는 동시에, 그럼에도 불구하고 끊임없이 그 안에 흔적으로 숨쉬는 어떤 신성한 의미를 찾아내지 않고는 견딜 수 없는 의지를 가진 존재이다. 밭에서 씨를 뿌리고 그것이 착근해가는 과정을 바라보는 것은 박종국 시인의 가장 근원적인 메시지를 함축하고 있는데, 그것은 넉넉하고 따뜻한 대지적 긍정에서 발원하여 생명에 대한 경이와 그 생명을 안아 기르는 섬세한 마음에 의해 완성되고 있다. 그 섬세한 마음이 박종국만의 신성한 의미에 대한 천착 의지일 것이다. 물론 이러한 마음의 움직임은 땀과 노력으로 이루어진 구체적 노동을 바탕으로 하는 것이어서, 시집 전체 속에서 "움직이는 고요"처럼 아련하고도 아프게 번져가고 있다.

3.

박종국 시집에 들어앉아 있는 사물들은 이렇게 알맞은 화음和音으로 서로 어울리면서 가볍게 출렁인다. 그러나 그 출

116

렁임은 격렬한 몸짓으로 이어지지 않고, 사물과 사물 사이를 환하게 잇고 채우는 밝은 파동으로만 존재한다. 그 잔잔한 풍경 속에서 시인은 이미 제 영토를 확보하고 있는 자연 사물들에게 새로운 생각과 이름을 주고, 그들끼리 서로 소통하게 하며, 나아가 그들이 시인의 경험 속에 어떻게 깃들이게 되었는가를 탐색하고 표현한다. 이때 시인이 바라보는 사물들은 외따로 떨어져 있는 단자單子들이 아니라, 서로 긴밀하고도 촘촘한 내적 연관성을 가지는 유기적 전체의 일부를 이루게 된다. 따라서 시인이 상상으로 구성하는 사물들의 관계는 그 자체의 합리적 인과율이 아니라 시인의 경험적 시선에 의해 결속되고 있는 것이다. 그래서인지 이번 시집은 첫 페이지부터 끝까지 흐트러짐 없는 유기성을 잘 보여준다. 첫 작품에 배어 있는 정조情調와 지향이 시집 끝까지 커다란 굴곡 없이 일관되게 지속, 심화되고 있는 것이다.

그런가 하면 이 시집에는 까다로운 유추를 필요로 하는 난해성의 흔적이나 복잡한 사색의 회로가 가능한 한 배제되어 있다. 시인이 쓰고 있는 언어는 명료하고 어찌 보면 단순하기까지 한 기층 언어가 대부분이다. 물론 이는 생각이 단순하다는 것이 아니라, '단순성의 시학'을 시인이 추구하고 있다는 뜻이다. 확신컨대 시인은 쉽고 투명하고 단순한 시어를 고르기 위해 부단히 되쓰기를 거듭했을 것이다. 이러한 박종국만의 명료함과 단순성은 '씨앗'의 상상력에서 '뿌리'의 상상력으로 천천히 이월된다.

뿌리가 힘없이 뽑힌다

한때는 뽑으려 해도 뽑히지 않더니
잎이 떨어지고 가지와 줄기까지 메마르자
힘 한번 못 쓰고 뽑히고 만다

뿌리는 줄기와 가지
잎이 무성할 때 힘을 쓴다

수확을 끝낸 밭에는
아침저녁으로 첫추위가 비치기 시작하는
가을이 감빛으로 여물고

가슴으로 이어진 감빛 깊은 골짜기
밭고랑에 소용돌이치는 수많은 생각들

우리 이전의 우리는
무엇이었을까? 또 지금은 무엇일까?
무엇을 바라야 하고 무엇을 해야 될까?

선두에 선 사람은 후미에 있는 사람을 모르는
앞도 뒤도 보지 않는, 현재가 보물이라고 생각하는
여기에 살며 농사를 짓는, 나는

118

좋다 나쁘다를 가리지는 않지만
진가는 제대로 알고 있어 흙과 싸우며 농사를 짓는다

일용할 양식을 위해서
아버지의 명예를 위해서

—「뿌리」 전문

 '농부=시인'의 손을 떠난 씨앗들은 이제 흙 속으로 들어
가 뿌리를 뻗고 하나의 우주를 완성해간다. 그런데 그렇게
힘주어 뽑으려 해도 뽑히지 않던 뿌리가 스스로의 시간에
떠밀려 이울어가더니 뽑히고 마는 장면에 이르러, 시인은
안 보이는 질서의 원천인 '뿌리'조차 줄기와 가지와 잎이 무
성할 때만 힘을 쓸 수 있음을 발견한다. 그러니 뭇 사물들
은 하나의 육체 안에서 호혜적으로 공존할 수 있었던 것이
다. 시인은 수확을 끝낸 가을의 밭고랑에서 "소용돌이치는
수많은 생각들"이 다가옴을 느끼는데, 그 화두는 "우리 이
전의 우리는/ 무엇이었을까? 또 지금은 무엇일까?/ 무엇을
바라야 하고 무엇을 해야 될까?"라는 연쇄적 질문이다. 그
실존적 처연함과 우주적 스케일을 동시에 갖춘 의문들에 대
하여, "여기에 살며 농사를 짓는" 시인으로서는 이미 자신
의 몸으로 삶으로 충분히 답변해왔을 것이다. 이때 시인이
말하는 '여기'야말로 "번개처럼 스쳐 지나가는/ 삶에 정성
을 쏟다 보면 나도 내 뜻을 따라주겠지 하는// 내가 나를 지

119

키는, 그곳"(『그곳에는』)일 것이 아닌가. 결국 시인은 자신이 "흙과 싸우며 농사를 짓는" 시간은 한편으로는 "일용할 양식"을 위한 것이고 한편으로는 "아버지의 명예"를 위한 것이라고 노래한다. 여기서 '아버지'는 "흙냄새를 제대로 맡을 수 있는 사람"(『아버지의 진가』)의 은유이고, 나아가 "흙냄새를 맡을 줄 알았던 아버지,/ 농부에 지나지 않았던 한 사내의 생애가/ 아름답게 느껴지는 오늘은/ 아버지의 진가를 보는 것 같았다"(『아버지의 진가』)에서처럼 시인 자신의 구체적 회억回憶을 배경으로 거느리는 형상이기도 하다. 박종국 시인은 줄곧 "농사일을 천직으로 알던, 아버지가 말하던 흙냄새"(『마음의 고랑』)를 생각했던 것이다. 하지만 그 노동은 낭만적이거나 목가적인 것이 아닌 생활의 것이어서 "멍에를 메고 있다는 것이 이렇게 아프다는 것을/ 이제야 알 것 같다. 나도 아버지가 되어 가지 싶다"(『멍에』)라는 고백을 이끌어낸다.

일찍이 하이데거M. Heidegger는 우리에게 말을 걸어오는 존재의 근원적인 소리에 응답하는 것이 시인의 책무라고 말한 적이 있는데, 박종국 시인은 신성하고도 근원적인 존재가 걸어오는 말을 받아 적음으로써 이러한 시인의 직능과 위의威儀를 완성해간다. 씨를 뿌리고 뿌리를 내리는 현장인 '밭'은, 그 점에서 그러한 직능과 위의를 실현하는 둘도 없는 존재론적 수원水源이 아닐 수 없다. 그리고 이러한 현재적 삶을 '보물'로 여기는 시인의 경험과 생각은, 다음 시편에서처럼 '밭'을 '보물창고'로 인식해가는 형상으로 이어지게 된다.

밭은,
나를 움직이게 하는 보물창고다.

갖가지 야채며 곡물들
하나하나는 어우러지고 어울려 밭을 이루고
모든 작물들은 서로서로 의지하는 힘, 작용으로 살아
있다
생생하고 싱그럽다

작은 우주 같은
저 싱그러움
얼마나 장관인가

그 싱그러움이 너무도 거대하게 느껴졌기 때문인지
나는 나 자신이 밭을 이루는 한 개 부분으로 느껴졌다

도처에서 움직이는 모든 형상과 노력들
만물은 생명에 활기를 불어넣으려고 단장을 한다
모두가 양지로 나가고 싶어하는 듯
밭과 들판을 지나서 먼 산골짜기까지 푸르게 단장한다

휘둥그레진 내 눈앞에 나타난 초록빛

조용한 세계가 나를 열심히 농사짓게 한다

얼마나 다행인가
이런 보물창고를 가지고 있는 나는

— 「보물창고」 전문

　"나를 움직이게 하는 보물창고"인 '밭'은, 다시 한번 강조하지만, 이번 시집의 실질적인 자궁이다. 모든 야채며 곡물들은 서로 어울려 밭을 이루고 그 안에서 "서로서로 의지하는 힘"으로 살아간다. "작은 우주 같은/ 저 싱그러움"이 장관처럼 거기 있는 것이다. 하지만 그 장관은 어느새 마이크로로 몸을 바꾸면서 시인으로 하여금 "나는 나 자신이 밭을 이루는 한 개 부분"으로 느끼게끔 하는 순간을 허락한다. 이때 "도처에서 움직이는 모든 형상과 노력들"은 생명에 활기를 불어넣으려는 우주의 간절한 몸짓이었을 것이다. 그리고 초록빛으로 단장한 '밭'의 조용한 세계는 시인으로 하여금 농부가 되어 "보물창고"를 가꾸게 하는데, 이 '보물창고'는 최근 유행하는 웰빙이나 환경 친화적 농법과는 전혀 무연한, 박종국 특유의 시적 형이상과 존재론을 아름답게 담은 비유체라고 할 수 있다. 그 안에는 "티끌 하나 없이 맑은 눈동자"(「하루해가 참 짧다」)가 있고, "누구를 위해 헌신할 수 있는 낮은 자세로 돌아가야/ 하는"(「밭에서 배운다」) 진실이 있다. 이처럼 시인은 보물창고인 '밭'에서 자신만의 상상력을 일구어간다. 거기서 시인은 "하늘에는 하늘대로/ 땅에는 땅대로/ 물에는 물대로/ 서로 다른 많은 종류의 생물들이/ 나름대로 잘 어우러져/ 잘 살아가고 있다는 것"(「그날」)을 재차 배워가고, "현재를 살아가고 있는/ 나 자신을 확인하는"(「내게는 이게 행복이지」) 과정을 거듭해간다. 아름답고 생생한 새로운 존재론적 탄생의 기록이 거기서 쓰여지고 있는 것이다.

4.

궁극적으로 '밭'의 변형인 이번 시집은 자연에 대한 친화력과 거기서 느끼는 신생의 기운이 따뜻하게 번져가는 보물창고다. 그 안에는 어느덧 농부가 다 된 박종국 시인이 자연 사물과 적극적으로 친화하고 소통하는 자연스러운 풍경이 녹아 있다. 하지만 이 정도의 개괄적 설명으로 이번 시집을 온전하게 해명하기는 어렵다. 우리는 거기에 덧붙여 시인이 '시'에 충실하게 얹고 있는 노동의 경험적 구체성을 이야기해야 하고, 나아가 깊은 기억 속에 묻어두었던 사물과의 친화적 경험들을 시의 육체 안으로 불러들여 다시 그것을 형이상학적인 인생 이법理法으로 은유해내는 특성을 부가해야 한다. 또한 계층적 기반에서 우러나오는 농민 시편이나 완상玩賞 위주의 관조적 전원 시편과 충분한 변별성을 확보하면서, 우리에게 자신만의 독특한 음색을 들려주고 있는 박종국 특유의 시법詩法을 이야기해야 한다. 이러한 친화적이고 구체적인 상상력과 어법은 고스란히 농경적 삶의 재현으로 이어지면서 더욱 부드럽고 아름다운 시의 육체를 얻어간다. 그것이 바로 시인 안에서 일렁이는 존재의 '흔들림'이다.

누가 흔들고 있을까

바람 소리가 더 크게 들렸다
저 바람은 어디서 시작되어 예까지 왔을까
그리고 어디로 가는 걸까

하나에서 열까지 내 손이 필요한 밭에서
이놈 저놈의 뒤치다꺼리를 하며 가꾸다 보면
해도 해도 끝이 없는 일거리에 지쳐서
한때는 그만둘까 하는 생각도 했었다.

그러나 손끝에 스치는 부드러운 흙의 감촉
찡하게 파고들어 가슴을 울리는 생명의 움직임, 이것이
나를 흔드는 바람 소리라는 생각이 가슴을 내리눌렀다

잠시나마 지쳤던 마음이 부끄러운, 그때
머릿속으로 번쩍 스쳐 지나가는 생각이 있었다.

흔들린다는 것은 움직이는 것이고

움직인다는 것은 살아 있다는 것이고
살아 있다는 말은 바람 소리같이 떨림에서 나오는 소리

흔들리지 않고 살아 있다고 말을 할 수는 있을까

— 「바람 소리」 전문

   시집 제목을 그 안에 품고 있는 이 시편은 심미적인 존재론적 의미를 감각적으로 생성한다. 과연 누가 흔들고 있는 것일까. 어디서 와서 어디로 가는지를 알 수 없는 바람처럼, 어느 순간, 아니 항구적으로, 시인을 흔들고 있는 것은 무엇일까. 매순간 시인은 하나에서 열까지 손이 필요한 밭에서 이 가파른 노동을 그만둘까 하는 생각을 한다. 하지만 "손끝에 스치는 부드러운 흙의 감촉"과 "찡하게 파고 들어 가슴을 울리는 생명의 움직임"이 그의 노동과 삶을 불가항력적으로 지속하게 한다. 그러니 "나를 흔드는 바람 소리"는 가장 근원적인 삶의 영양소이자 궁극적 거처가 되는 것이다. 그 순간 시인은 잠시나마 지쳤던 마음이 부끄러워지면서 "머릿속으로 번쩍 스쳐 지나가는 생각"을 통해 자신을 다잡는다. 그것은 "흔들린다는 것은 움직이는 것이고/ 움직인다는 것은 살아 있다는 것"이라는 사실의 승인이요, "살아 있다는 말은 바람 소리같이 떨림에서 나오는 소리"라는 것의 궁극적 인준 과정이 된다. 그래서 '흔들림'이야말로 삶의 다른 이름이고, 시인은 모든 사물들의 움직임을 내면으로 안아 들이면서 이제는 흔들리지 않고는 살아 있다고 말할 수 없는 차원에 도달하는 것이다.

한 편의 서정시에서 우리가 확인하는 가장 명확한 특성은 "모든 외계의 것을 주관화하여 그 주관성 속에서 일정한 화해에 이르게 하는 것"이라는 아도르노T. Adorno의 말이다. 박종국은 자신 외부에 존재하는 자연 사물들을 그것들 본성 그대로 담아내면서 동시에 그 안에 자신을 투사하여 질서와 화해에 이르게 하는 전형적인 서정시인이다. 원래 시 속에 표현된 자연 형상은 그 자체로 존재하는 것이 아니라 거기에는 시인이 자연이라는 객체를 인간화하려 한 흔적이 나타나 있으며, 시인의 감정과 관념에 착색되어 있게 마련이다. 또한 그것은 시인의 삶의 국면과 긴밀한 관련성을 가진다. 그런 의미에서 박종국 시 속에 깊이 착색된 자연은 관조의 대상이 아니라, 시인 자신의 삶과 정서가 투사된 생명력이기도 하고 인간 보편의 뿌리에 대한 성찰을 위한 상관물이기도 할 것이다. 이번 시집에서 그것들은 시인으로 하여금 "결구가 제대로 된, 속이 단단하고 꽉 찰수록/ 거죽이 너질구레 해서 낯설고 볼품이 없다는 것을"(「배추를 기르면서」) 알게 하면서 "어둠으로부터 탄생하는/ 검은 예술, 어둠을 밝히던 지난 시간들을/ 생각하게"(「토마토」) 해준다. 가없이 드넓고 깊다.

지난겨울 흔적도 없이 사라졌던 풀꽃들
어느새 모두들 꽃등을 내다 걸었다

작은 생명 어느 것 하나 허락할 것 같지 않던

그 지독한 추위 속에서

모두들 어디에 생명의 씨를 감추어두고 있었을까

이런 생각을 할 때쯤이면,

농사를 짓는 사람이라면 누구나

무언지 모를 그리움에 가슴이 설레게 마련이다

손에 잡히는 나뭇잎의 감촉이 부드럽고

코끝을 스칠 때 풋과일 냄새가 나는 밭둑에 앉아

고개를 들면 끝없이 펼쳐지는 하늘,

하늘은 하얀 구름 둥둥 띄워 놓고

은빛 날개 비행기를 숨겨주던 그 하늘 같아

돌이켜보면, 농사짓던 지난 몇 년이 꿈만 같다.

난생처음 밭을 갈아 부치던

그날을 떠올린 나는

온몸이 움찔움찔 떨리는데, 느닷없이 의심이

산다는 것에 대한 의심이 일었다

난생,

처음으로 왜 살아야 하는가 하는 의문을 가졌다

　　　　　　　　　　　　　— 「느닷없이」 전문

시인의 경험적 예지는 지난겨울에 흔적 없이 사라졌던 풀꽃들이 새롭게 꽃등을 내걸고 등장하는 과정에서 생성된다. 추위와 불모 속에서도 자연은 "모두들 어디에 생명의 씨를 감추어두고" 있었던 것이다. "농사를 짓는 사람이라면 누구나/ 무언지 모를 그리움"이 그 순간 밀려오는데, 시인은 그것을 나뭇잎의 감촉과 끝없이 펼쳐지는 하늘의 감각적 구체성 속에서 키워간다. 돌이켜보면 "농사짓던 지난 몇 년"은 꿈과 같이 흘러갔지만, "난생처음 밭을 갈아 부치던/ 그날"이야말로 온몸을 떨게 하지 않았는가. 그런데 정말 "느닷없이" 찾아온 "난생,/ 처음으로 왜 살아야 하는가 하는 의문"은 시인을 충분히 흔들고도 남음이 있었을 것이다. 그러나 그 의문이야말로 형이상학적이고 존재론적인 것이 아닌가. "제 가슴 문질러 삶을 꿰매어가는/ 목숨 붙어 있는 것들은 모두가 애잔"(「나뭇잎은 왜 수런거리는가」)하다는 생각은 이러한 의문을 더없이 진정성 있게 만들어간다. 그러니 느닷없이 떠오른 질문은 허약한 회의로 이어지지 않고 다시 "살아야 한다/ 나는 살아야 한다/ 그것도 아주 오래도록 살아야 한다"(「그냥 웃었다」)라는 견고한 자각으로 이어지게 된다.

그 순간 자연 사물은 박종국에게 벼랑과도 같은 끝자락의 형상으로 다가오기도 하지만, 한없이 넓디넓은 존재론적 시원으로 펼쳐지기도 한다. 여기서 '시원始原'이란, 공간적 유토피아나 시간적 유년기 등을 지칭하지 않는다. 그것은 우리의 지각 형식으로는 도저히 가닿기 어려운 신성의 가치를 내재한 궁극적 본향이기도 하고, 훼손되기 이전의 어떤 영성적인 경지를 간접화한 형상이기도 하다. 박종국 시인은 그것을 노동의 일상 속에서 발견하고, 일종의 역설적 추구를 통해 시원의 상상적 완성을 꾀하고 있는 것이다. 박종국 시학의 표층이 농사일이라면, 그 심층이 이러한 시원의 시학임을 놓쳐서는 안 된다.

5.

생각해보면, 가장 궁극적인 '존재'란 하이데거적 문맥에서 보면 본질적이며 근원적인 것, 비밀에 가득 찬 형이상학적 힘이자 일종의 은폐된 신성일 것이다. 반면 존재자는 언어에 의해 현상된 개체적 실재들이다. 존재가 숨어버린 지층에서 존재자들을 호명함으로써 존재를 복원하고 개진하는 일이 시인의 직무라고 할 때, 시인은 경험 속의 존재자를 일일이 호명함으로써 지층 아득히 묻혀 있는 존재를 상징적으로 재탐사하는 작품을 쓰고 있다. 다음 시편은 그러한 방식을 통해 우주론적 확산을 가져온 실례이다.

스멀스멀 기어오른 벌레 같은 어둠이 능선을 갉아먹는 소리, 놀라 뛰는 노루 뒷발에 채인 나뭇가지 찢어지는 소리, 암노루 궁뎅이가 희끗희끗 산기슭을 적시는 저녁나절이다

그런 틈새에 살아가는 것들, 어슴푸레한 빛 속 어둠이

몰고 오는, 견디기 어려운 푸석거림, 가엾은 마음을 사르는
능선이 붉은 저녁나절이다

　어둠이 빛을 지우는 부적 같은 한 장의 그림이 드러내 보
이는 숲 속에는 꽃과 잎들이 떨며 진주 같은 이슬방울 떨
어뜨리고, 껍질을 하나하나 벗는 산봉우리, 장엄한 시간을
알려주는 저녁나절이다

　잃을 것도 없는 것을 잃을까 봐 끊임없이 몸부림치는 저
녁나절
　어둠이 능선을 지우며 내게로 오는 동안, 어둠에 익숙한
하늘은 밥풀 같은 별 몇 알 오물거리고 있다.
—「저녁나절이다」 전문

　이 아름다운 작품은, 하루가 저물어가는 어스름에 시인
이 명민한 감각으로 듣는 "스멀스멀 기어오른 벌레 같은 어
둠이 능선을 갉아먹는 소리, 놀라 뛰는 노루 뒷발에 채인
나뭇가지 찢어지는 소리"로 시작된다. 애커먼D. Ackerman
은 그의 『감각의 박물학』에서, 감각이야말로 자아와 세계
에 놓여 있는 창窓이며, 자아는 그 창을 통해 세계와 만나고
세계를 바라보게 된다고 말한 바 있다. 이처럼 시인의 감각
은 결핍에 시달리는 자아와 부재로 얼룩져 있는 세계 사이
를 잇는 가장 중요하고 구체적인 창이다. 박종국 시인은 농
사일을 매개로 한 예민하고도 풍요로운 감각을 통해 자신의

130

체험적 진실을 발견하고 그것을 시 안에 풀어놓는다. 이때 그의 감각은 가장 오랜 기억에 머물러 있으며 지속적으로 시인의 삶에 영향을 주는 창과도 같다. 시인은 그러한 감각의 틈새에서 "어슴푸레한 빛 속 어둠이 몰고 오는" 순간을 감득한다. "견디기 어려운 푸석거림, 가엾은 마음을 사르는 능선"은 얼마나 간절한 울림을 가지는가. 그렇게 "어둠이 빛을 지우는 부적 같은 한 장의 그림이 드러내 보이는 숲 속"이야말로 '밭'의 신성한 변형이며 "장엄한 시간을 알려주는 저녁나절"의 확연한 은유가 아닐 것인가. 이제 "잃을 것도 없는 것을 잃을까 봐 끊임없이 몸부림치는 저녁나절"이 오면, 시인은 어둠이 능선을 지우는 동안 "밥풀 같은 별 몇 알 오물거리고" 있는 우주론적 화폭을 완성한다. 소멸 직전에 오히려 엄청난 생성의 순간이 오물거리는 이법理法에 이를 때마다, 우리는 이 작품을 자꾸 꺼내 읽게 되지 않을까.

지금까지 우리가 읽어온 박종국 시편들은 그 어느 것을 인용해도 좋을 만큼의 질적 균질성을 갖추고 있다. 그리고 그 목소리는 궁극적으로 현대인의 삶에 근본적으로 결핍되어 있는 것이 바로 노동의 구체성과 그로 인한 고독과 평안이라고 짙게 속삭인다. 이것들은 한결같이 근대적 가치 체계들과는 대극에 있다. 오히려 그것은 선형적線形的 삶에 대한 신념으로 상징되는 근대적 사유 체계가 자연 파괴, 인간 소외 같은 여러 가지 적폐를 불러온 것에 대한 일정한 반성으로 나타난 것들이다. 박종국 시편은 우리로 하여금 이러

131

한 지혜에 이르게 하는 구체적 보고서이다. 그래서 그 안에는 생태적 사유나 영성靈性에 대한 탐색이 은유적 토픽으로 자리하고 있는 것이다. 『논어(論語)』에서는 '회사후소繪事後素'라 했다. 박종국 시편에는 시인의 그러한 깊은 인생론적 사유와 감각이 녹아 있고, 그러한 사유와 감각이 그 특유의 '강의목눌剛毅木訥'을 완성하도록 한 것이다.

  말할 것도 없이 인간은 관계의 동물이다. 우리가 흔히 정체성이라고 말하는 것도 사실은 일정한 관계 속에서 성립되고 변화되는 것이다. 그래서 인간은 세상에 단독자로 있는(exist) 것이 아니라, 관계의 망網을 통해 존재하는(be) 것이다. 이러한 관점에서 보면, 세속 관념을 버리고 노동의 구체성 속에서 자신과 우주를 발견해가는 박종국의 새로운 시법에는 확실히 대안적인 속성이 담겨 있다. 그의 시적 생애에서 아름다운 중간 보고서가 될 이번 시집은, 그렇게 근대적 효율성이나 이성 중심의 세계관에 저항하면서, 직관적 통찰과 자연 친화를 중시하면서, 편재적遍在的인 우주적 원리를 첨예하게 증언한다. 이러한 세계를 딛고 이제 박종국 시학은 다음 시집에서 더욱 심원한 차원으로 이월해갈 것이다. 그 세계의 '씨앗'을 품은 채 존재론적 시원을 발견해가는 마음의 우주는, 이렇게 웅숭깊고 거대한 '움직이는 고요'를 통해 오래도록 우리를 흔들 것이다.